Vent printanier

Pour Selim
à Calgary où nous
nous retrouvons pour
parler d'imaginaire
avec amitié
[illegible]

DU MÊME AUTEUR
CHEZ LE MÊME ÉDITEUR

Un rêve de glace, roman.

La Cène, roman.

Julien Gracq, la forme d'une vie, essai.

Oholiba des songes, roman.

L'Âme de Buridan, récit.

Meurtre sur l'île des marins fidèles, roman.

Le Bleu du temps, roman.

La Condition magique, roman.

L'Univers, roman.

Du visage et autres abîmes, essai.

Petits sortilèges des amants, poèmes.

Le Ventriloque amoureux, roman.

Le Nouveau Magasin d'écriture, essai.

Palestine, roman,
Prix des cinq continents de la Francophonie 2008 ;
Prix Renaudot Poche 2009.

Le Nouveau Nouveau Magasin d'écriture, essai.

Géométrie d'un rêve, roman.

HUBERT HADDAD

VENT PRINTANIER

« À LA MÉMOIRE DE ZULMA
VIERGE-FOLLE HORS BARRIÈRE
ET D'UN LOUIS »
TRISTAN CORBIÈRE

ZULMA
122, boulevard Haussmann
Paris VIIIe

Si vous désirez en savoir davantage sur Zulma
et être régulièrement informé de nos parutions,
n'hésitez pas à nous écrire
ou à consulter notre site.
www.zulma.fr

Z

La rafle du Vel' d'hiv' des 16 et 17 juillet 1942 avait pour nom de code « Opération Vent printanier ». Sur ordre du gouvernement de Vichy, policiers et gendarmes français arrêtèrent à leur domicile quelque treize mille hommes, femmes et enfants, dès les premières heures de l'aube. Internés au Vélodrome d'hiver et au camp de Drancy, ils furent tous déportés à Auschwitz-Birkenau dans les jours ou les semaines qui suivirent, puis en majorité exterminés et brûlés.

De retour sur les lieux de l'impensable, Hubert Haddad a écrit ces quatre histoires vraies de tout leur poids d'imaginaire, vraies des milliers de fois, hier à Drancy ou partout en Europe, et aujourd'hui comme en filigrane, à chaque coin de rue, dans les regards effrayés que portent les exclus et les laissés-pour-compte sur un monde en lente perte d'humanité.

MERANDA
ou le devoir de mémoire

> *— Où l'ai-je laissée ? dans quelle cave ? dans quel puits ?*
> *À quel carrefour du jour et de la nuit ?*
> *Dans quelle caverne, dans quelle cheminée de fumée et de suie*
>
> ROBERT DESNOS, *Fortunes*

LA neige a des gestes d'endormi sous les réverbères. Comme née des lampes, elle toupille en remous laiteux puis mollement se disperse avant de se perdre en déchiquetures d'ombre. Adèle a posé son front contre la vitre. La nuit d'hiver ressemble à un départ. Tout est transformé pour un voyage immobile. La buée recouvre ces reflets anthracite et cette blancheur au rythme du souffle. Des étoilements scintillent à travers. Non, elle ne pleure pas, elle pense sans larmes à

Meranda. La maison est saturée de soupirs ; elle craque parfois d'un rêve ancien. Sa mère chantonne dans la cuisine. Adèle connaît par cœur les paroles à peine audibles :

Tu m'as laissée je t'aimais trop
Les démons d'antan sont au bistrot
Au clou sont les ailes des anges
Et les habits démodés qu'on change

Loin, du côté du faubourg, sifflent les trains. Au contraire des rapides qui sondent d'un trait la nuit, les convois de marchandises tressautent longuement sur les aiguillages de la gare de triage. Un carillon d'église tinte, très atténué, comme un mécanisme de boîte à musique tout ensaché d'ouate.

Lent maelström, la neige projette contre la fenêtre un froissement continu de figures et de silhouettes. Adèle se souvient de la montagne, l'an passé, de son dixième anniversaire fêté au réfectoire de la colonie. Elle avait soufflé les bougies sans imaginer un instant les distinguer les unes des autres, la septième de la huitième, ou la neuvième de la dernière. Chaque flamme pourtant devait bien figurer une année particulière. Un an plus tard, elle soufflerait plutôt sur toute cette neige. Chaque flocon tombe d'une étoile morte. En quelques semaines, il lui semble avoir accumulé des siècles d'insomnie. Glaçant baiser de statue, le deuil s'est insinué en elle, dans ses entrailles, sur sa peau. Est-ce sa faute si elle ne dort plus et si la nourriture des humains lui reste en travers de la gorge ? Quelque chose désormais lui revient en propre de l'épouvante du monde.

Tout commença avec cette histoire de guerre. Francis, l'instituteur, avait toussoté pour s'éclaircir la voix juste avant de désigner une carte de l'Europe au-dessus du tableau noir. Il s'était mis à parler d'Adolf Hitler et de l'Occupation. D'Auschwitz-Birkenau et de Treblinka. Des onze mille quatre cents enfants juifs déportés vers les camps de transit de Pithiviers, Beaune-la-Rolande ou Drancy par la milice et la gendarmerie françaises. C'était au début de l'année scolaire.

Et puis Muche, le chat de la maison, avait disparu cette semaine-là. Il avait profité d'une porte ouverte. Longtemps, soir et matin, elle s'était lancée à sa recherche, questionnant les concierges et les gardiens de square, visitant les cours d'immeubles et les chantiers interdits au public. Elle en oubliait le goûter et ses devoirs. Impressionnée par son chagrin, sa mère la laissait faire. « Tout ça pour un chat ! » ronchonnait-elle à son retour, dans la pénombre de la cuisine. Et puis elle se remettait à chanter :

Au clou sont les ailes des anges
Et les habits démodés qu'on change

En classe, tranquillement – c'était la fin septembre et les marronniers de la cour jaunissaient déjà –, Francis leur avait distribué, à elle comme aux autres élèves, la photocopie d'un portrait déteint par le temps. Une image pâlie où l'on voyait sourire la petite fille aux yeux clairs, aux longs cheveux noirs entortillés. « Elle s'appelle Meranda Levoci, elle est née pas loin de votre collège, au 27, rue des Carmes, elle a peut-être étudié à la place où vous êtes. L'administration de notre pays l'a livrée à l'occupant au mois d'août 1942 à la suite de nouvelles rafles policières qui visaient les enfants juifs et leurs familles. Entre le 14 et le 26 août, 2 265 enfants de deux à seize ans seront déportés. Meranda a été gazée et brûlée au camp d'extermination d'Auschwitz-Birkenau. »

Ces paroles et cette photographie sont entrées en elle par surprise. Meranda ne cesse plus de lui demander secours. Glissé dans une poche, son portrait ne quitte guère ses yeux ou sa mémoire. Adèle rêve d'elle chaque nuit comme d'une sœur jumelle dont on l'aurait férocement séparée. Pourtant, elle n'arrive pas à se représenter ces foules d'enfants qu'on traîne à la mort. Elle pense au froid, au feu grondant, à la solitude. Peut-on brûler les visages comme du charbon ou du papier journal ?

Adèle regarde la neige. Le même carillon sonne dix heures. Dernier bruit connu, une plainte de vieux ressorts annonce le coucher de sa mère dans la chambre voisine. Le rai de lumière sous la porte disparaît. Elle s'empresse d'éteindre sa lampe de porcelaine blanche. Personne ne doit savoir qu'elle veille encore, surtout pas sa mère qui a bien trop à faire avec ses peines de femme seule. Adèle ne regrette aucunement l'absent, grand type chicanier, malpropre et d'une mesquinerie à toute épreuve. Les hommes se trimbalent sans grâce dans sa vie. Son vrai père, lui, a dû s'éteindre d'un coup à tel endroit du souvenir, comme la lampe, une nuit de fièvre. Les enfants ont tout à craindre des adultes mâles. Pourquoi ceux-ci ne décideraient-ils pas de les jeter au feu, par un jour de très grand froid, au lieu du charbon ou du bois de Noel ? Adèle tremble un peu, le front contre la vitre. Elle croit voir une ombre petite derrière le réverbère. Les paupières lasses, comme on se laisse choir entre des bras confiants, elle se jette en arrière sur son oreiller de plumes et s'endort aussitôt. L'ombre a quitté le cercle de lumière. C'est bien sûr son chat Muche qui bondit et l'entraîne à sa suite, dans les rues dépeuplées d'un songe. Elle était certaine de le revoir, mais comment l'attraper ? Il gambade en secouant ses pattes à chaque bond. On croirait un lapin noir dans toute cette blancheur.

Par miracle, le lendemain, après le bol de lait chaud, la permission de la neige lui ouvre la rue. « Tu reviens dans une heure », murmure une voix plaintive. L'air cendré palpite de milliers d'aigrettes de verre. « Les déménageurs ont tout emballé ! » lance pour rire, un doigt vers les nuages, l'agent de police emmitouflé qui se promène. Son bonnet de laine serré sur les oreilles, Adèle n'est pas la première à fouler ces surprenants jardins de cristal. Même la fourrure d'ours des voitures a déjà été saccagée par endroits. Elle traverse la chaussée ruisselante. De l'autre côté, près du réverbère, elle se souvient de son rêve. Moulées comme des fossiles dans la neige, des empreintes de chat longent d'ailleurs le mur. Elle les suit au-delà, sur le même trottoir. Au coin de la rue, elle tourne les talons et continue sa course dans un dédale. Les chats, c'est bien connu, n'ont pas le sens de l'orientation. Les empreintes de Muche se perdent parmi d'autres, labours folâtres de chiens et résille de pattes d'oiseau. Plus loin, un carrefour achève de la déboussoler. Adèle frissonne. Trois vastes corbeaux tombent du ciel avec des cris dévastateurs. À cette heure, le dimanche, rares sont les passants. Quel ange de l'égarement vous guide toujours ailleurs, vers le sourire de sucre filé d'une dame blanche vêtue pour l'éternité des mêmes guipures ?

C'est rue des Carmes, au n° 27, devant la vitrine d'un antiquaire, qu'elle comprend son erreur. Jamais elle n'est passée par là, même dans ses rêves d'effroi et de course folle. L'immense poupée aux yeux de porcelaine occupe l'angle gauche de la vitrine. Un miroir ancien la reflète de biais, lui-même incliné sur quantité de bracelets, sautoirs, coiffures de perles noires, camées, jouets de fer peint, lesquels se dédoublent en vrac dans la profondeur glauque de la glace. Adèle s'approche. La neige fondue pénètre ses souliers. Des flocons volent à nouveau. Fiévreuse, une sensation de brûlure sur tout le visage, elle ôte son bonnet pour goûter à cette fraîcheur.

À l'intérieur du magasin, par la vitre de la porte, elle distingue le chatoiement de luminaires sur des surfaces de bois sombres, armoires et piano. Un vieillard à bésicles, le crâne luisant, ne la quitte pas une seconde des yeux. Subitement, un chat noir s'échappe d'un amas de planches et vient miauler aux pieds de l'homme. Adèle pousse un cri. Mais c'est Muche !

— C'est Muche ! dit-elle en se précipitant sur la porte.

Effrayé par l'intrusion, l'animal s'est faufilé dans un empilement de hottes et de bourriches. Sa queue tachée de blanc s'enroule et s'évanouit comme le naja dans son panier.

— Avance donc, dit le vieil homme, n'aie pas peur.

De quoi aurait-elle peur ?

— C'est mon chat, répète-t-elle avec moins d'assurance.

Le sien n'a pas de neige sur la queue. Et se serait-il enfui à son approche ? Un vertige s'est emparé d'elle, ses pensées lui échappent, elle voudrait disparaître à son tour, esquiver ce regard tellement délavé et plus fixe que celui du pantin. Un fourneau à bois gronde doucement au fond de la boutique. Elle aperçoit la lueur dansante des flammes.

L'antiquaire s'est approché d'elle comme du plus précieux bibelot, avec une manière d'enchantement amer.

— C'est prodigieux, cette ressemblance !

s'exclame-t-il enfin d'une voix rentrée, à peine audible.

Non ce ne peut être Muche, pas plus qu'elle n'est Adèle. Les chats sont tous semblables. Trois poils blancs suffisent à rendre le monde inhumain.

Le vieillard inquiet accourt à petits pas. Il pousse sa jeune visiteuse vers un siège de style gothique en forme de trône.

— Eh ! dit-il, tu ne vas pas tourner de l'œil ! Reste-là bien assise, je vais t'apporter du thé chaud.

Mais lâchant son bonnet, les joues en feu, la fillette s'accroche à lui, désemparée.

— Cachez-moi, par pitié. Ils vont venir me prendre ! Ils vont m'arrêter…

— Que racontes-tu, *maïdelée*, de qui parles-tu ? s'effare le vieil homme, une main sur la gorge.

— Ne m'abandonnez pas, j'ai peur, je ne veux pas qu'on me brûle…

L'antiquaire sent un long tremblement le parcourir. Il se souvient d'un mot : *pitchipoï*. La neige tourbillonne contre la vitre et, par instants, il croit y reconnaître des visages. Les enfants appelaient *pitchipoï*, au camp de Drancy, la destination inconnue. De quel tombeau de neige s'évadent-ils, les petits frères et les petites sœurs ?

Les mots d'un psaume lui montent confusément aux lèvres : « Et je verserai sur vous de l'eau de source et vous serez lavés de toutes vos impuretés et de toutes vos souillures… »

Cependant, il s'efforce de se ressaisir. Sa main tordue de rhumatismes s'est posée sur la tête fiévreuse de la fillette.

— Meranda, n'aie pas peur, ne crains rien. Je les empêcherai ! Jamais je ne les laisserai faire.

VENT PRINTANIER

—Arrête, compagnon, j'ai peur, arrête ! entre les arbres de la colline, les arbres inclinés de la colline, j'ai vu un œil, si cet œil n'est pas un nuage. Il me fixe, il m'inquiète ; arrête ! Il suit nos pas sur la route, si cet œil n'est pas un nuage.

MAX JACOB, *le Cornet à dés*

Va-t'en, pars !
(*Lekh Lekha*)
Genèse

UNE gare désaffectée ressemble au vieillard célibataire, avec ses bâtiments délabrés et ses voies couvertes d'herbes folles et de chardons au-delà du ciment craquelé des quais : elle ne mène nulle part et personne n'y vient jamais. C'est ce que se disait Michaï, son étui à violon sous le bras, en approchant du bâtiment biscornu aux faux airs balkaniques avec ses fenêtres à linteaux en demicintre mosaïqués et ses toits en escalier qu'une terrasse flanquée de deux pignons domine. Au-dessus des portes aveugles, l'inscription de céramique avait gardé toute sa fraîcheur : CHEMIN DE FER DE CEINTURE.

Des chiffons et des sacs-poubelles traînaient sur un terrain vague mitoyen aux allures de place de marché désertée. Un hangar se détachait en contrebas, face au quai de chargement. De part et d'autre, après les portiques de signaux et les pylônes, des friches industrielles s'étendaient immensément, lugubres sous les nuages. Michaï se sentit plus vieux que son violon, un Lupot à chevilles et bouton d'ivoire. La commémoration devait se dérouler deux jours plus tard, le 16 juillet. Il n'irait certes pas, mais l'invitation sur papier glacé de la commune reçue poste restante, avec la reproduction d'un cliché ancien de la gare alors en service, avait rafraîchi sa mémoire.

Au petit jour, sorti d'un cauchemar indéfini, il s'était réfugié dans un bar du Bourget, en face de cette autre gare de sinistre renom. Un coude sur le zinc, il s'était demandé à quoi pouvait bien servir une fin de vie comme la sienne, oubliée des cœurs, sans attaches ni résonances. Sur l'écran de télévision au-dessus du bar, il avait pu entrevoir quelques images d'actualité : on venait de démanteler la veille un camp de Tziganes d'un terrain vague de Bobigny. Il avait reconnu le bâtiment à pignons, le hangar à marchandises et, sans réfléchir, son étui sous le bras, il s'était dirigé vers l'endroit, à deux ou trois kilomètres de là.

La marche à pied à son âge tenait un peu de l'exercice, mais il aimait bien dévaler les rues pavillonnaires entre le canal de l'Ourcq et le cimetière de Pantin, avec des échappées à Aulnay-sous-Bois, Noisy-le-Sec ou Drancy. Les banlieues cachées, derrière les barres d'immeubles des cités et les bretelles d'autoroute, gardaient quelque chose d'éternel ; le vague enchaînement des villas et des jardins ouvriers, aux beaux jours, avait de faux airs de campagne sous les frondaisons. Le parfum des lilas ouvrait des perspectives dans la mémoire. Il avait vécu en des lieux semblables, avant la guerre, avant l'hiver du temps. Depuis lors, même en plein été, il n'avait plus cessé de grelotter. Il claquait des dents au grand soleil, incapable de se défendre des brumes glacées d'autrefois.

Parvenu devant l'ancienne gare de Bobigny, ses yeux restèrent secs mais il éprouva sans y prendre garde une molle commotion, comme le baigneur qui s'étonne à peine de ne plus avancer, les jambes sectionnées d'un coup par un squale. Le battement d'aile des chiffons sur le terrain vague, la corrosion des rails parmi les orties et ces vapeurs d'orage rabattues sur l'horizon étaient des balises par trop dérobées.

À ce moment, une courte silhouette gibbeuse traversa les voies et il se frotta vivement les paupières pour chasser une image. D'un gouffre opaque, plein de grincements, surgissaient cette figure et ces signes. Le gnome galopait en zigzag, l'air égaré, entre la pointe nord du quai et le terrain vague, quand il rompit soudain sa course. À l'évidence, il venait d'apercevoir Michaï. Celui-ci se tenait à proximité du bâtiment principal, en voyageur indécis. Il était venu rôder autour d'une brèche du temps rouverte quelques heures plus tôt par l'espèce de lune d'eau d'un téléviseur de bar, et devant lui s'agitait un spectre. À mieux voir, c'était un gosse de dix ou onze ans, chargé d'un ballot. Il le devinait avec sa mine farouche, ses hardes d'adulte retaillées, l'air d'un chat errant coutumier des chasseurs. Michaï approcha et, par intuition d'ancien proscrit, exhiba son violon par-dessus sa casquette. Le gamin sembla aussitôt rassuré. Il s'inclina pour faire glisser des lanières sur son buste ; l'éventail libéré d'un accordéon se déploya dans un bref couinement de soufflets. À distance encore, l'homme hocha la tête.

— Tu t'appelles comment ?

— Nicolaï, et toi ?

— Moi ? Je n'ai plus besoin de nom, je suis bien trop vieux.

— Tu es musicien, où est ton campement ?

L'enfant dit ces mots d'une voix désolée mais avec un accent de connivence, presque de secret, qui ne manqua pas de l'éclairer.

— Tu cherches ta famille, c'est ça ?

Nicolaï avait enjambé les ronces qui mordaient aux reliquats de treillage et se tenait maintenant devant lui, l'épaule gauche un peu affaissée par son instrument. Un mélange d'anxiété extrême et de narquoiserie passa dans son regard. Marqué des marbrures d'un sommeil sans confort, son visage était empreint d'une fragilité indocile qui n'offrait aucune prise à l'apitoiement. La défiance instinctive qu'exprimait sa maigre physionomie ne visait rien ni personne. Une légère contracture des lèvres et ses yeux rougis révélaient seuls la portée de son affolement.

Michaï jeta un coup d'œil sur l'esplanade abandonnée. Un feu éteint entre quatre pierres, des chaussettes accrochées à un fil, un bidon d'eau, des baguettes de pain détrempées... L'expulsion avait dû être expéditive. C'était presque toujours ainsi : les autorités locales chassaient les descendants des martyrs pour honorer ceux-ci en paix.

— D'où tu viens à cette heure ? demanda-t-il.

Le jeune Tzigane désigna du menton son accordéon.

— Mes oncles et moi, on jouait comme d'habitude dans le métro quand la police nous a coincés…

Nicolaï avait pu déguerpir. C'est ce qu'il raconta. Après une longue errance aux portes de Paris, du côté de La Chapelle ou des Lilas, il n'avait su retrouver le chemin de Bobigny. Pendant la nuit passée dans un chantier, sur un tas de sable, à chercher le sommeil, la mémoire des lieux lui était revenue. Il venait tout juste d'arriver en cette fin de matinée. Mais le campement avait disparu.

Le vieil homme fit signe au gamin.

— Si tu veux, on pourrait se renseigner à la mairie ou chez les flics.

— Je préfère rester là. Ils vont revenir…

— C'est la police qui va revenir !

— Je préfère quand même.

Michaï haussa les épaules, un sourire désolé au coin des lèvres. « *Lekh Lekha* ! » murmura-t-il entre ses dents. Il mit un peu de monnaie dans la petite main noircie par les lanières de l'accordéon et tourna les talons après un dernier regard sur l'inscription CHEMIN DE FER DE CEINTURE, au fronton de l'édifice. En juillet 1944, lorsqu'il fut convoyé dans cette gare, ce n'était pas pour un tour de Paris. Il devait avoir cette même dégaine de vagabond, après toute une année à se cacher dans les bergeries et les étables grâce à la bienveillance de paysans bourguignons, avant d'être recueilli par un prêtre dans l'église où il avait pu se réfugier, le dernier mois. Comment il s'était retrouvé dans ce coin du département de l'Yonne, près de Jonches, avec le clocher de la cathédrale d'Auxerre toujours en perspective, il n'en avait aucune idée. La rafle du 16 juillet 1942, pour le compte, était restée inscrite en lui comme une mort d'enfant... C'était au petit matin, très tôt, boulevard de Ménilmontant. Le jour se levait à peine. Des fourgons de police s'étaient garés un peu partout, en travers des chaussées ; par dizaines, les gendarmes et les inspecteurs s'engouffraient dans les immeubles. Michaï était chargé, à peine levé, d'aller remplir un couffin de sable, aux abords des chantiers ou dans les cours, pour la litière de son chat. Ses sœurs, elles, devaient lui ramener des bouts de gras ou des os de poulet cueillis dans les poubelles des restaurants. C'était la condition pour le garder à demeure en ces temps de disette. Ainsi Michaï avait-il pu observer ce déploiement subit derrière une charrette vide de bougnat toute noircie de houille, à l'angle de la rue des Cendriers. Des voisins mal rhabillés, certains en robe de chambre, étaient bousculés en bas de chez eux. En chemise, la veste sous le bras, peu arboraient l'étoile jaune à cause de cette précipitation. On les poussait vers les fourgons au moyen de fusils tenus de travers, ceux qui résistaient recevaient des coups de crosse. Il y avait des cris de consternation ou d'effroi, des pleurs de vieilles femmes. Policiers et gendarmes séparaient d'un air fatigué les enfants des adultes, ils frappaient à coups de capeline ceux qui s'accrochaient. Hors de lui, abandonnant son panier de sable, Michaï allait se faufiler au milieu de ce branle-bas et courir jusqu'à sa porte, quand il reconnut ses sœurs poussées dehors par des inspecteurs en civil, puis sa mère qui les suivait, grelottant de peur, les bras chargés de couvertures. Et son père enfin, une valise mal refermée sous l'aisselle. Un gendarme lui tordait l'autre bras. Aujourd'hui comme hier, au-delà de toute pensée, il se souvenait des regards de sa mère sur ses deux sœurs et vers le boulevard ; assurément, elle le cherchait des yeux – lui, Michaï –, elle espérait le voir et redoutait qu'il se montre. Ses sœurs furent vite arrachées à ses bras, on les entraînait loin, vers un autre véhicule, un autobus à plate-forme déjà plein de monde. Elles trébuchaient l'une contre l'autre. Il avait toujours dans les yeux leurs silhouettes graciles et leur pâleur. Son père criait vers elles ; il leur disait d'une voix brisée : « N'ayez pas peur ! » Quelqu'un voulut échapper aux cordons de police ; il courait vers Belleville entre les arbres du terre-plein. Des coups de feu claquèrent dans le petit jour. Boulevard de Ménilmontant et dans l'ensemble du quartier, comme partout en France occupée, ceux de Pologne, de Roumanie ou du diable Vauvert furent arrêtés, parqués, convoyés, les Juifs à accent, les artisans, les femmes enceintes, les vieillards. Les portières des fourgons claquèrent dans un bruit sec, irrévocable, sur toute une vie de bonheur inquiet.

C'était fini, il ne devait jamais plus les revoir, ni son père ni sa mère. Et ses sœurs filiformes ne cesseraient plus de s'éloigner dans son souvenir comme les lignes d'arbres d'une route à l'horizon. Seul, il avait échappé à la rafle du Vel' d'hiv', grâce à un peu de sable ramassé avant l'aube pour la litière du vieux matou qui l'avait vu naître. Le chat de la maison s'était enfui. Ses sœurs et sa mère n'avaient désormais pas plus de réalité que les nuages. Soixante-sept années s'étaient écoulées. Il entendait toujours son père leur crier « N'ayez pas peur ! ». Tous étaient partis à Auschwitz-Birkenau, via Drancy, par la gare du Bourget. S'il n'avait pas été lui-même dénoncé et déporté deux ans plus tard, jamais il n'eût compris leur sort.

Michaï se retourna une dernière fois du côté des voies désertes. Le jeune Tzigane dansait d'un pied sur l'autre, là-bas, sur le terrain vague ; l'accordéon contre l'épaule, sa silhouette d'ange bossu ou de gnome se découpait sur fond de friches, de poutrelles et de cheminées d'usine.

Sans hâte, son violon calé sous le bras, il s'enfonça loin des grands axes, dans les quartiers pavillonnaires. Les buildings de la cité administrative apparaissaient en contrebas d'une cascade de toits biscornus, tuiles et ardoises mêlées. Il remonta la rue de Bresse et fut bien obligé de passer sous l'autoroute, en limite de commune. Un tunnel noir puant l'urine où s'engouffrait un vent tiédi coupait en deux la lumière contrastée du jour. De l'autre côté, curieusement, le soleil perçait la grisaille. Quantité d'hirondelles babillaient sur les fils électriques. L'azur prit une teinte cuivrée, presque rouge. On entendait au loin feuler l'orage. Michaï longea à petits pas les grilles et les haies. Adam ou les Abricotiers, étaient des noms de rues qui ne lui évoquaient rien d'autre que cette minute de paix lumineuse, à Drancy. Il savait où sa flânerie allait fatalement le conduire, comme chaque année aux beaux jours, mais il voulait goûter aux minutes qui précèdent. Où qu'il allât, il n'aimait rien tant que les instants d'avant, ceux qui peuvent vous sauver. Des grappes de fleurs croulaient par-dessus un muret de pierres ; cette senteur prenait insolemment à la tête. Comment la nature pouvait-elle renaître sans foudroyer chacun de nostalgie ? À ce moment, il crut entendre couiner un harmonica et tourna les yeux vers les grilles des villas, de l'autre côté. Mais il n'aperçut qu'un chat sur un poteau de ciment ; la courte perspective d'un jardin, avec ses plates-bandes et ses charmilles le rappela à la profondeur du mystère que révélait, plus labile qu'une brise dans les lilas, le moindre déplacement de ses pensées.

« Tout Juif à arrêter doit être conduit au Centre primaire, sans paroles inutiles et sans aucun commentaire », décrétait à l'époque des grandes rafles la directive de la police nationale. Mais les Allemands, bien secondés, avaient fini par prendre en main les « affaires juives ». La chance avait parié sur lui jusque-là, sans motif, parce que la probabilité mathématique laisse toujours échapper quelques fourmis du grand bain de chaux vive. Cependant dénoncé par une bigote pesteuse, arrêté, battu comme plâtre, il s'était retrouvé à son tour interné au camp de Drancy, au terme d'un convoyage calamiteux, près de deux ans après son père et sa mère. On déportait plus que jamais tandis que les alliés gagnaient la bataille de Normandie. C'était un mouvement de foule continu, épouvantable, comme ces bétails maladifs pressés aux portes d'abattoirs. Lui n'était qu'une tête dans cet immense cheptel de la mort. Puis il y eut le transfert à la gare de Bobigny. Les wagons plombés. L'entassement pour un voyage plus terrible qu'une agonie quand le cœur bat la mesure des derniers instants. Ceux qui crevaient de soif ou d'asphyxie étaient délivrés du pire. Après cela, comment garder mémoire de ce qu'aucun humain n'a connu, en aucun monde ? À la descente, quatre jours et quatre nuits plus tard, quand les portes coulissantes grincèrent dans les hurlements des hommes casqués et armés, la mort était dans tous les regards. Il fallait suivre le troupeau terrorisé des nouveaux venus entre les barbelés, dans la boue du ciel et de la terre. Des jeunes gens en uniforme frappaient à coups de botte et de crosse de vieilles personnes effrayées avant de vider leur chargeur sur un groupe de petits enfants blottis dans un coin. Ceux-là avaient eu pitié peut-être. Les chambres à gaz étaient pour la masse des épargnés, ceux qui avaient franchi sans trop d'embarras les premiers cercles de l'enfer.

Michaï s'arrêta sous la colonne du chat et considéra le reflet du soleil sur un parterre de roses. Comment avait-t-il pu réchapper une deuxième fois ? Bien développé pour son âge, les épaules solides, on l'avait affecté à la réparation des toitures jusqu'à ce que l'épuisement et la faim lui rendent la physionomie de ses treize ans. L'hiver était venu. L'Allemagne s'effondrait sous les bombes. Les Russes étaient aux portes des crématoires. Des bombardiers survolaient les camps. Dans la hâte des chaînes de tuage, au milieu des cris des SS et de leurs valets, après une chute qui l'avait à demi enfoui sous la neige fangeuse, il s'était retrouvé parmi un groupe d'enfants de tous âges, certains blessés au visage et au cou, les mains rougies. Tous se pressaient les uns derrière les autres, transis dans leurs guenilles souillées, les yeux agrandis par l'atrocité du jour. Refoulés avec eux vers des bâtiments gris d'où sortaient des fumées, il eut le temps de remarquer l'insigne cousu à l'épaule d'un tout-petit qui appelait d'une voix éteinte au secours : c'était un triangle brun. Les autres portaient le même. Sauf lui, Michaï : le sien était une étoile jaune cousue par une femme obligeante à Drancy, la seule étoile au milieu des triangles. Dans le désordre des convois, l'horreur des cris, les aboiements, il avait dû se tromper de file à l'insu de tous. Un soldat allemand à la face pouponne le remarqua soudain, il se pencha sur lui, tira sur sa veste pour mieux voir l'insigne et parut scandalisé, comme s'il découvrait un mulot parmi les canardeaux. « *Geh weg!* s'exclama-t-il en faisant le geste de l'écarter. *Du bist nicht Gypsy!* » Sans qu'il le comprît encore, cet incident l'épargna, à quelques dizaines de mètres des chambres à gaz. Il lui fallait rejoindre sa colonne, celle des enfants juifs en chemin vers un autre bloc, dans un autre secteur du *Lager* où les attendaient d'autres Sonderkommando sous l'œil de factionnaires armés, chose plus incertaine que de traverser un champ de mines. Les barbelés électrifiés bourdonnaient comme un alignement de ruches. Que se produisit-il vraiment alors ? Il y eut un grand vacarme qu'il n'aurait su identifier. Les mitrailleuses crépitèrent du haut des miradors. Un vertige avala les angles embrasés du monde. Brusquement, des geysers de terre et d'acier ouvrirent une brèche dans la poussière. Michaï, les poings sur les tympans, vit des silhouettes vêtues d'un costume rayé informe s'y engouffrer, tête baissée, et courir follement. Il les imita sans réfléchir, il courut lui aussi droit devant, indifférent aux rafales d'armes automatiques qui fauchaient çà et là les fugitifs. Assourdi, il bondissait vers les champs et les collines, dans la neige craquante.

Ce qui s'est passé après, ses nuits seules le savaient. Une chose était indéniable : son étoile lui avait sauvé la vie. Grâce aux triangles, grâce aux enfants tziganes poussés juste devant lui vers les douches sèches de la mort. Et n'était-ce pas plutôt une malédiction ? Eux n'avaient souffert qu'un moment de l'horreur. L'horreur ne le quitterait plus, elle le poursuivrait comme son ombre.

Le vent printanier était chargé d'une odeur d'escarbilles. La cheminée d'un minuscule pavillon fumait, rue des Abricotiers. Quelqu'un d'aussi frileux que lui sans doute. Toutes les fleurs des jardins ne sauraient cacher les charniers de la mémoire. Il y eut pourtant d'autres moments, la quiétude de la mélancolie, quelques rencontres inespérées. Autant que son étoile, la musique l'avait sauvé. Il avait appris à jouer rue de la Chine, chez maître Ocholowski, un vieil ami de la famille qui ne se pardonnait pas d'avoir survécu à ses petits-enfants. Très pieux avant guerre, désormais presque aveugle, il s'était débarrassé de ses livres et de ses objets de culte, à part la mezouza au linteau de sa porte et la lampe éternelle. Aux grandes fêtes, il n'allait plus à la synagogue, il jouait de son *fidl* enfermé chez lui et sa musique était plus poignante que toutes les prières. Un jour, quand Michaï eut vingt ans et qu'il connut tous les secrets des *klezmerim*, maître Ocholowski lui fit don du plus précieux de ses instruments, un Lupot à chevilles et bouton d'ivoire. « Maintenant, va te faire embaucher dans les fêtes, s'il reste encore des Juifs pour montrer un peu de joie ! » lui avait déclaré le vieil homme en se mêlant de rire, quelques semaines avant d'être hospitalisé. L'élève avait bien retenu la leçon : pendant plus d'un demi-siècle, il courut les mariages et les bar-mitsvah comme les festivités de Rosh Hashana ou de Yom Kippour, le plus souvent seul ou parfois avec d'autres *klezmerim*, joueurs de tshekal, de piccolo ou de clarinette. Mais l'âge l'avait rattrapé ; aujourd'hui aussi vieux que maître Ocholowski, il battait encore la campagne, son Lupot sous le bras, mais on ne faisait plus guère appel à lui. Aussi lui arrivait-il de jouer pour rien ou presque, au coin des rues, dans les villes et les faubourgs.

Michaï reprit son distrait chemin de pèlerinage. Il contourna la triste avenue Jean-Jaurès par les rues Jules-Guesde et Auguste-Blanqui. Une nouvelle fois, il crut percevoir une vibration sourde, comme le klaxon des anciens bus à plate-forme. Mais le voilà qui descendait la rue Arthur-Fontaine, perpendiculaire à la rue Blanqui, le long d'un bras du grand U de béton que dessinait la Cité de la Muette. Juste au-dessus de l'ouverture, à hauteur du wagon à bestiaux commémoratif posé comme l'accentuation d'une lettre hébraïque en forme de fer à cheval, huitième de l'alphabet, il considéra l'intérieur de ce *het* : une vulgaire cité-dortoir à quatre niveaux et cent portes peuplée de familles profanes, une barre de béton aux bras rabattus face au symbole de la déportation. Des dizaines de milliers de pauvres gens ont attendu le dernier voyage ici, derrière ces fenêtres alors sans carreaux, autour de ces jardins venus remplacer la poussière grise d'un chantier mué en camp d'internement. Maintenant les enfants s'amusaient dans les bacs à sable, les mères promenaient leurs landaus, on voyait des gens rire aux étages. Michaï dépassa le wagon et s'arrêta à la pointe droite du *het*. Il sortit son violon de l'étui, reposa celui-ci sur le sol, et se mit aussitôt à jouer le *Yiddishe Mame*. Pour les morts, pour les disparus. Personne parmi les vivants ne vint le déranger d'ailleurs. Il mit toute sa fougue éplorée à jouer le *Yiddishe Mame*, longtemps, pour ses deux sœurs et sa mère, pour son père qui lui répétait sans fin de ne pas avoir peur, pour les enfants au triangle brun de Birkenau.

Tout à coup, les vibrations reprirent derrière le violoniste, entières cette fois, amples comme savent en produire les soufflets de l'accordéon entre des mains expertes. Le violoniste avait frémi d'une joie inconcevable. Sans cesser d'actionner son instrument, Nicolaï remonta le terre-plein jusqu'à lui. Rien de mieux qu'un accordéon pour accompagner le *fidl* ! Les deux musiciens accélérèrent le tempo avec une telle ferveur que les bambins délaissant leurs jeux s'approchèrent les uns après les autres et les vieillards bientôt, les mères poussant leurs landaus. Des pièces jetées des fenêtres sonnèrent sur l'allée de ciment. Le *Yiddishe Mame* était pareil à tous les chants tziganes. Il résonnait gaiement dans l'immense cour de la Cité de la Muette.

A Yiddishe Mame,
On n'en connaît pas de meilleure au monde
A Yiddishe Mame,
Oy vey ! Quelle vie amère quand elle n'est plus là !

Michaï sourit au jeune bohémien. Ce qui mûrit le mieux au monde, ce sont les rencontres. Ils avaient encore du chemin à faire ensemble.

LA NUIT DU FOU
ou les sonneurs de l'ancien monde

Le roi n'aime pas qu'on voie son frère pendu

RACHI

LE soir brunissait déjà les vitrines opaques. Le vieux photographe quitta sa table, les articulations douloureuses. Il éteignit le réflecteur de l'arrière-boutique et monta l'escalier à vis sans prendre la peine de ranger ses boîtes et ses dossiers. Dans sa chambre, le front contre un carreau de la fenêtre, il considéra l'activité du carrefour entre les réverbères : le petit monde des boutiques et des paliers continuait sans lui. À l'angle de la rue de Kiev et du boulevard Chelmo, il reconnut la face rubiconde du bijoutier derrière les précieux reflets de sa devanture, les grâces un peu soufflées de la fleuriste au milieu des seaux de glaïeuls et de marguerites. De l'autre côté, hissée sur un tabouret, la concierge du 121 astiquait les plaques en cuivre d'un cabinet d'avocats. Un policier relevait l'immatriculation d'une voiture antique garée là depuis des lustres. Sur les trottoirs, de part et d'autre, des promeneurs identifiés depuis leur millième passage traversaient une mille et unième fois son champ visuel.

C'était la veille du carnaval. On avait accroché des fanions sur les ormes de la place. Des employés municipaux achevaient de tendre un calicot rouge orné de masques grotesques avec l'inscription : FÊTE DE LA MORT. Troublé, le vieil homme se frotta les yeux. Son front sur la vitre s'était nimbé d'une empreinte d'humidité. En se redressant, il admit son erreur et sourit. Une branche d'arbre cachait à demi la bannière. C'était bien sûr « La Mortaise » qu'il fallait lire, du nom de ce quartier de la ville. Il jeta un coup d'œil sur la pendule de la cheminée, puis sur le lit défait. Après cette nouvelle journée d'enquête, la mille et unième depuis la fermeture de son atelier, il redoutait le gouffre du sommeil, cette chambre noire inopérante où défilaient à l'infini des images fugitives, silhouettes filiformes, visages creusés, orbites sans fond, regards où toute mémoire s'effondre en noirs éclats de panique. Ses nuits étaient hachées de rêves identiques et d'éveils en sursaut, comme si aucune trêve ne devait suspendre l'espèce d'investigation indéfinie à quoi se résumait sa vie, qu'elle fût consciente ou chimérique.

Il se coucha bientôt, un œil sur le portrait agrandi par ses soins et punaisé au mur, entre la fenêtre et la cheminée : les visages rapprochés d'un couple de jeunes gens d'autrefois, l'homme légèrement penché, la femme aux yeux immenses montrant une joie hardie. Ils posaient devant la toile mal tendue d'un paysage marin, avec, au premier plan, la proue craquelée du paquebot Normandie. Comme tous les soirs, le monde bascula sur cette vision. Il rêva d'eux une fois encore. Depuis le pont du navire en partance, jeune et vivant, le couple lui faisait signe d'un geste d'une infinie lenteur. C'était bien sûr ses parents, son père et sa mère avant même qu'ils l'eussent conçu. Le paquebot les conduirait sains et saufs en Amérique, loin de la vieille Europe livrée à ses démons. Quelque part à New York, dans le Lower East Side ou Broadway, ils vivraient sans lui une longue existence pleine de travail et de soucis. Un sanglot d'enfant dans la gorge, le photographe se réveilla en sursaut, les yeux secs. Les trois coups d'une horloge et le sifflement d'un train rétablirent cette espèce de géographie immanente dont le sommeil nous délivre à peine : la petite ville frontalière de Murnau, entre les houillères désaffectées et une boucle du Rhin, allait bientôt se désagréger dans la grande Europe. Il se souvint de l'époque presque mythique où la toute-puissante administration des douanes donnait une cohésion si particulière au tissu urbain : Murnau n'existait alors que par ses trafiquants et ses douaniers. La fermeture progressive des puits et la ruine de l'industrie horlogère n'étaient encore qu'un présage. Né en 1935, sept ans avant la déportation des siens, il avait eu le temps de tout oublier de son enfance et des anecdotes fugaces composant une mémoire. Ne demeurait qu'un cliché argentique dont la pâleur progressive avait absorbé peu à peu tous les souvenirs. C'est ainsi : l'image vivante se fixe et disparaît dans la photographie qui semblait un recours. Désormais, il contemplait jusqu'à s'aveugler l'icône de papier – et que voyait-il ? le fond somme toute anonyme d'un *air de famille* trop longtemps questionné. C'était pourtant bien la dernière photographie connue de ses parents. La dernière et la seule attestant le couple.

Descendu en bretelles et pantoufles dans l'arrière-boutique, le retraité mit en route une bouilloire pour le thé avant d'allumer les réflecteurs. Sur deux murs entiers, plusieurs fois agrandis, s'étalaient des centaines de portraits de déportés, visages de jeunes gens marqués par l'effroi, hommes et femmes au sortir des wagons à bestiaux, bousculés sur le quai d'une gare ou dans quelque camp de transit, d'autres creusés par le désespoir et la famine ailleurs, yeux béants ou effroyablement clos. Rescapés et dépouilles mêlés, les couples ainsi rétablis selon un degré de *ressemblance*, grimaçaient des sourires de crâne. Le photographe considéra ses récents montages extraits d'une série de photographies inédites acquises à prix d'or aux descendants d'un officier russe. Détourée d'un monceau de cadavres, les épaules tordues, une femme squelettique le regardait à travers ses paupières. Le buste d'un homme chauve, la face balafrée, était placé en vis-à-vis ; on reconnaissait dans son dos, embrumés par le temps, les sinistres baraquements et les miradors dans leur dentelle de barbelés. Le vieux photographe eut un regard circulaire sur ces images. Visions du shéol ! Avec tout son art, il avait tiré de ses cuves à laver d'innombrables épreuves plus nettes que les minuscules originaux rayés et jaunis, planches-contact de l'horreur volées aux bourreaux par quelque libérateur inconscient. On reconnaissait aussi, exposées dans maints reportages, les effigies d'une douleur anonyme.

L'idée de se mettre en quête des siens lui était venue brusquement, peu après sa majorité, au mémorial de Colmar, ville de l'institution de tutelle qui l'avait recueilli aux jours de la Libération. Il était sorti de sa condition de pupille de la nation riche d'une identité d'emprunt et d'un diplôme de mécanicien. Ainsi que d'une enveloppe restituée par l'administration : hormis le nom du studio de prises de vue, aucune mention n'accompagnait la photographie de ses père et mère, aucune preuve de sa filiation. Mais il les avait immédiatement reconnus, effaré qu'on eût attendu si longtemps pour lui rendre son seul bien. Il avait fini par retrouver le fameux studio, après une enquête de plusieurs mois, dans ce gros bourg frontalier, entre la rue de Kiev et le boulevard Chelmo. Mais l'endroit ne lui avait procuré aucune autre information : son propriétaire de l'époque, un Juif allemand immigré de la troisième génération, avait été déporté à la suite de la grande rafle, en juillet 1942. La boutique, restée dans l'état avec son matériel, était d'ailleurs à vendre ou à louer depuis plusieurs années. Comment il en devint acquéreur, et de fil en aiguille, la manière dont il s'initia à la photographie au point d'en faire son métier, de rouvrir la boutique et de tirer le portrait de tous les jeunes mariés de Murnau, cela relevait d'une suite d'événements qui eût semblé absurde si les années n'en avaient tissé la trame.

Maintenant retiré, plus que jamais actif, il poursuivait sa prospection à travers les épiphanies d'un chaos : l'extraction quotidienne de ces faces de martyrs en lesquelles il voulait se persuader à chaque agrandissement d'avoir reconnu enfin ses père et mère, à l'imitation du talisman de l'orphelinat, photographie prise jadis *ici-même*, dans cette boutique du quartier de la Mortaise, près de trois quarts de siècle plus tôt.

Une parade de cirque tonitrua devant ses vitrines. Curieux, il traversa le laboratoire de l'arrière-boutique et s'engagea entre les présentoirs drapés du magasin. Rien n'avait bougé depuis la fermeture : empoussiérés et blanchis par la lumière, les mêmes clichés de mariage, de baptême ou de communion solennelle s'écornaient en devanture. À dire vrai, presque rien n'avait changé depuis sa reprise du fonds de commerce, lequel lui avait été transmis tel qu'aux heures de l'Occupation, quand un escadron de gendarmes appuyé par la milice avait arrêté et déporté tous les Juifs du quartier de La Mortaise. Les verrous tournés, il poussa la porte aux vitres badigeonnées de céruse. Un camion jaune chargé de clowns musiciens s'éloignait dans un tintouin de trompettes et de tambours du côté du boulevard. Alors qu'il considérait un convoi de fourgons de gardes mobiles à l'arrêt, le long de la rue de Kiev, une foule macaronique surgit par tous les accès dans un grand vacarme de cymbales et de crécelles. Bientôt, la place fut envahie de masques et de bouffons à grelots. Danses macabres, chars fleuris, hordes de mimes braillards occupèrent le pavé tout le jour.

Au crépuscule, la bière aidant, le carnaval prit un tour déraisonnable. Les bandes enivrées se risquèrent à des processions belliqueuses. Maintes fois revenu à sa porte après un lancer de pétards ou un début d'émeute, le vieux photographe finit par perdre complètement le sommeil. Tard dans la nuit, alors qu'il maniait sa lanterne d'agrandissement au fond de l'arrière-boutique, des appels de détresse le glacèrent. Il se précipita dehors toutes lumières éteintes. Travestie et masquée, la foule rugissante dévalait le boulevard en brandissant des flambeaux. Il aperçut le repli peureux d'une famille de bohémiens du côté de la rue de Kiev. Une ombre naine le percuta alors de plein fouet au niveau du plexus. Il poussa un cri sourd et vacilla. Tournoyant sur lui-même, il entraîna vers l'intérieur du magasin le projectile aveugle tandis que la porte se refermait dans le même mouvement. La main sur le cœur, il se redressa à deux pas de son agresseur qui grelottait dans l'obscurité.

—Quelle sorte de fou est-ce encore ! jura-t-il.

Dehors, pétarades et chahuts prirent une

ampleur terrifiante. Il s'approcha toutefois pour dévisager l'intrus. C'était un garçonnet noiraud d'une dizaine d'années, vêtu de haillons, une pointe de sang au-dessus de la lèvre. Ses yeux luisants de petit animal le fixaient sans ciller avec une expression de peur arrêtée, presque de défi. Il songea aussitôt aux bêtes sauvages blessées, juste avant le coup de grâce. Doucement, sans gestes superflus, il se détourna afin de mettre à nu le grand décor ainsi que le vieil appareil à soufflet sur son trépied de bois. Une fois les draps repliés, il alluma posément deux antiques projecteurs. L'enfant ébloui fit un pas en arrière ; un air d'émerveillement passa sur son visage. La toile peinte représentait un vaste paysage marin avec, en trompe-l'œil, la proue craquelée du paquebot Normandie.

— Veux-tu que je te prenne en photo ? demanda le vieil homme.

L'enfant, soudain allègre, alla se planter de lui-même devant l'océan aux vagues comptées. Après une pause incrédule d'une demi-minute, l'éclair de magnésium le fit rire au juste instant.

— D'où viens-tu donc ? demanda l'opérateur.

— De l'autre côté, là-bas, souffla-t-il dans un jargon où le tudesque se mêlait au slovène et au valaque.

— Tu veux dire d'Allemagne ?

— Plus loin ! dit-il. Le train s'est arrêté dans la nuit. Il y avait des chiens partout, des soldats armés. Je me suis sauvé dans la campagne avec les autres...

De nouveau assombri, le jeune garçon se tut et fit le geste de manger du bout de ses doigts réunis, comme s'il venait de perdre l'usage de la parole. Le vieux photographe lui servit une assiette de soupe, des laitages et des fruits. Tandis que son hôte s'alimentait, retourné au laboratoire, il prit le temps de développer la plaque sensible dans la chambre noire. Sous la lampe rouge, l'image qui se révélait peu à peu dans le bain fluorescent le laissa longtemps muet. Les yeux noyés, une douleur au plexus, il quitta précipitamment le labo, son cliché humide entre pouce et index. Mais le gamin avait déguerpi, sa fringale apaisée. La porte du magasin était entrouverte.

Le vieil homme ne songea guère à la refermer. Il considéra tour à tour la toile peinte illuminée et la photographie rieuse du jeune visiteur, puis il se laissa choir au sol avec le sentiment d'une chute dans le temps. La nuque sur le carrelage, un goût de sang aux lèvres, il sourit au spectacle de la mer et du ciel. Un instant, il confondit le sifflement d'un train avec la sirène du paquebot Normandie en partance pour le Nouveau Monde.

CHASSE AUX LIÈVRES DANS LA RÉGION DES MOULINS

LES campagnes défilaient depuis l'aube et j'observais de loin en loin les manœuvres d'une dernière chasse à travers champs ou dans les ravines d'un sous-bois. Le train traversait en sifflant des nappes de brouillard qu'un soleil d'hiver ocrait d'une lumière sourde. Sous le coup de ma visite au vieux Gustav Eiderburg, je contemplais l'alignement des fusils le long de labours enneigés avec une sorte d'effroi cotonneux, comme au sortir d'un mauvais rêve dont ne demeure qu'un sentiment privé d'images. Pourtant, l'aventure de la veille avait déchiré en moi les ultimes aveuglements et je scrutais la roue grise du paysage tel qu'à bord d'un manège le bambin découvrant la clôture des horizons.

Il neigeait à nouveau sur les terres gelées ; le

train s'enfonça bientôt sous de hautes futaies. Je me disais que rien ne saurait distinguer d'un songe ce retour sans la volonté d'en garder mémoire. Le vieil Eiderburg m'avait entraîné dans l'invraisemblable torpeur du délire et, même si j'analyse aujourd'hui son comportement comme une manière de mise en scène pathologique, laquelle fit résonner en moi des gouffres, mon souvenir accusait plutôt alors l'aspect fantasque et résolument improbable des événements.

Le front contre la vitre, cherchant depuis la veille une expression en langue allemande qui avait marqué mon enfance autrichienne, j'apercevais en tous lieux des chasseurs tirant le lièvre. Quand le train entra en gare de Moulins, je m'écriai dans un souffle : « *Mühlviertler Hasenjagd !* » et fermai les yeux sur le film en négatif du souvenir. Cela s'était passé un demi-siècle plus tôt, en février 1945.

Je venais justement de visiter le dernier témoin d'un drame aux fausses allures de conte de fées. Musicien de renom, auteur d'une célèbre *Messe pour les jouets mutilés* et collectionneur spécialisé dans le chemin de fer, Gustav Eiderburg m'avait contacté après consultation d'un catalogue de modèles réduits anciens, rails et accessoires, que je lui avais adressé à tout hasard, depuis le magasin de jouets de collection que je gère à Angers avec un de mes neveux entre deux pèlerinages musicaux, au festival de Salzbourg, à la Scala de Milan ou à l'Opéra de Paris. Durant notre entrevue au château de l'Aiguille, sur le lac de Constance, Eiderburg ne se douta pas un instant que j'observais en lui l'automate ou le spectre mal dissimulé sous un masque de riche amateur guetté par la sénilité. Car je le reconnus d'emblée ; du vieillard au jeune homme, un usage célibataire du temps avait à peu près conservé l'enveloppe sous les rides : l'air d'un grand aigle des neiges. En pénétrant dans le vestibule plus vaste que mon logis d'Angers avec ma valise pleine de précieux modèles, après un rapide coup d'œil sur l'habitant, j'ôtais un doute de mon esprit : le compositeur suisse d'origine autrichienne Gustav Eiderburg n'était pas un homonyme du conscrit de la Wehrmacht connu un demi-siècle plus tôt au-dessus du Danube, entre Perg et Mauthausen.

Dans le grand salon, sur une table haricot, le vieil homme mit précieusement de côté le lot de rails en fer peint avec passage à cabrouets et plaque tournante, le poste d'aiguillage et trois wagons tombereaux en parfait état qu'il m'avait commandés. « Aimez-vous la chasse ? » me demanda-t-il. Et sans attendre : « Venez donc, j'aurai besoin d'un deuxième fusil. » Il m'entraîna dans un parc à l'anglaise qu'une forêt prolongeait au-delà d'une sorte de décor architectural en forme de propylée. Je me souviens seulement qu'il s'était saisi d'une paire de carabines à canons rayés dans un corridor encombré de trophées et qu'il boitillait devant moi vers un layon – puis tout s'embrouille, tout s'efface dans une blancheur d'oubli ; avons-nous tiré le lapin ? Il neigeait sous les taillis.

Dans le train pour Orléans, la tête contre la mallette vide, je finis par m'assoupir et ne m'éveillai qu'une fois la Loire franchie, sur l'image d'un rêve aussitôt reconstitué : le vieux musicien m'avait entraîné parmi les grands arbres et s'était soudain mis aux aguets, l'œil sur la mire. Je brandissais ma carabine par courtoisie quand la fumée d'une bouffarde s'éleva des fourrés à bonne vitesse. Un train d'enfant surgit alors, une locomotive à chaudières tubulaires des années vingt flanquée de ses belles voitures carénées ; quelque chose s'agitait derrière les fenêtres des voyageurs : moustaches et museaux blancs. Mon hôte fit feu par trois fois, ensanglantant la neige ; mais la locomotive sauva de l'embuscade le convoi déstabilisé : le train miniature alla s'enfoncer en couinant dans une congère.

Les yeux voilés, mal remis d'un sommeil informe, je considérais par la fenêtre du compartiment une vingtaine de chasseurs alignés en bordure de champ tandis que nous virions avec lenteur autour de la battue. Un lièvre jailli de son terrier vola presque aussitôt sous un feu croisé : il ricocha par trois fois puis roula sur lui-même avant de se pelotonner au creux d'un sillon. L'image d'un homme fauché dans sa course vint se surimposer à l'animal et les noms de Pöchlarn ou de Grein remontèrent à mes lèvres.

J'avais onze ans. Né en Carinthie, dans la ville de Klagenfurt d'où la guerre avait chassé la petite communauté israélite, je venais d'échapper à l'enfermement studieux que m'imposaient pour ma sauvegarde des amis chrétiens à qui je fus confié dès le début du conflit. En 1945, j'ignorais encore le sort de mes parents. Malgré l'affection reportée sur ces braves gens, j'aspirai autant à une liberté dont on m'avait scrupuleusement frustré qu'à retrouver les miens, fût-ce au bout du monde. Dans un pays sans mer, le train seul donne à rêver du grand large, au-delà des forêts et des montagnes. Il neigeait ce jour-là. De la guerre qui occupait le monde, je ne connaissais que le tumulte d'une fanfare derrière les volets clos de ma chambre, dans la périphérie de Stockerau.

J'avais fourré quelques vêtements et des biscuits au fond d'un vieux sac à anses. En route vers la gare, je me demandais si tout effort pour être libre devait toujours passer par une trahison. Mais se délivre-t-on autrement qu'en fuguant loin de geôliers charitables ? J'allais vers la voie ferrée, appelé par le souffle lointain des trains que j'avais écouté, nuit après nuit, sifflant dans le brouillard ou grinçant sous l'haleine pluvieuse des montagnes. Le soir tombait ; le sac sur l'épaule, j'accédai aux quais en longeant le remblai d'une voie double. Soucieux d'éviter les lumières, je restais longtemps dans l'attente d'un train sous un portique de signaux éloigné des halls de gare. Des ombres se déplaçaient dans le vent noir. Deux soldats riaient sur l'autre quai ; ils juraient contre le mauvais temps, les Russes et les Américains. Leurs silhouettes se rapprochaient du portique et je crus voir une gueule de chien se tendre vers moi. Un halètement de locomotive entrecoupé de jets stridents de vapeur vint par chance couvrir les voix des Waffen-SS. Dès que le train fut à l'arrêt, je grimpai à l'aveuglette dans une voiture, avant tout désireux de goûter au voyage. Et que savais-je des discriminations guerrières de l'Autriche et du monde ? L'omnibus pour Linz était à peu près vide. En remontant le couloir, je ne comptai que trois voyageurs isolés, un prêtre catholique plongé dans son bréviaire, un militaire endormi et une jeune femme aux belles tresses d'or qui souriait à ses pensées. Dans le fond inquiet, en âge d'attendre une protection, je m'installai sous le regard de cette dernière. Le train repartit dans un arrachement de ferraille qui avait pour moi quelque chose de magique. Je contemplai les lumières perdues de la petite ville et les tourbillons obscurcis de la neige. La jeune femme m'examinait d'un œil favorable ; elle portait un joli tailleur gris perle et des bottines basses qui lui affinaient la cheville. Rassuré par cette présence, j'observai la fuite du paysage : nocturne déroulement des bois et des collines, fusée d'un train inverse, villes comme des lacs de lumière au fond de ténèbres rousses. Mes fétiches de plumes et de fil de fer sortaient à demi des poches du vieux sac déposé sur la banquette.

— Où vas-tu si tard ? dit une voix très claire.

— Retrouver mes parents, répondis-je avec foi.

— Ah ! tes parents ? Et comment t'appelles-tu ?

— David Rosein…

Je me retournai pour la voir blêmir. Une

expression inconnue déformait le bas de son visage. Ses beaux yeux s'étaient presque éteints.

Le train s'arrêta en gare de Pöchlarn et se vida un peu plus. Seuls des soldats en armes patrouillaient sur les quais. En gare de Grein, la jeune femme descendit à son tour sans répondre à mon adieu. Je la vis se diriger vers l'employé des chemins de fer chargé de signaler le départ. Elle s'était tournée et désignait du doigt mon compartiment. Le cheminot hochait la tête ; je vis qu'il m'observait d'un air embarrassé. Haussant les épaules, il agita son fanion au grand désappointement de la délatrice.

Le train déserté repartit et je m'abandonnai aux pensées turbulentes du demi-sommeil. La guerre, pour un enfant juif tenu au secret, était comme une nuit d'abandon unanime sur fond d'orage lointain. Un contrôleur vint brutalement m'éveiller. Sans titre de transport ni papiers d'identité, toute l'inhumanité de l'uniforme prit pour moi une figure : l'homme rugit et cracha. Le convoi entrait en gare de Perg à ce moment et des crépitements se firent entendre, tel un feu de bois sec ; mais au lieu de flammes, nous vîmes des étincelles un peu partout, des tracés de lumières. Le contrôleur se précipita dans le couloir. Dehors, des Waffen-SS couraient en tous sens. Je ne pensais qu'à la fureur de l'employé et quittai le wagon pour me réfugier de l'autre côté de la voie, dans la dernière voiture d'un convoi éteint. La peur eut sur moi un effet soporifique. Lorsque je m'éveillai aux premières lueurs de l'aube, le wagon venait de s'ébranler et les crissements des essieux m'effrayèrent davantage que les tirs sporadiques : on eût dit une plainte humaine, longue, déchirante.

Le train vira à vitesse réduite dans une voie annexe ; je découvris sa constitution mixte sous l'épaisse fumée rabattue : l'unique voiture de voyageurs, d'un modèle ancien, s'accrochait à un wagon-foudre mangé par la rouille que précédaient deux fourgons à bagages. Au sommet d'une colline, derrière de hautes murailles, des torchères charbonnaient au-dessus de bâtiments aux angles garnis de pointes de fer. Nous traversâmes sans ralentir la gare agrandie de Mauthausen et, plus loin, des brumes basses hérissées de pylônes et de balisages. Forêts et pâtures crayonnées dans la neige occupèrent enfin les étendues obliques. Des chasseurs par dizaines parcouraient ces espaces en formations déployées. J'entendis maintes détonations encore. La fréquence de ces battues finit par m'intriguer : toute une population semblait traquer le lièvre.

Puis j'aperçus quelques uniformes et des hommes, vieux ou jeunes, en tenue d'artisan, d'employé des postes et même de pompier. Au détour d'un massif de sapins changés en statues de glace, je vis des corps à moitié ensevelis dans la blancheur souillée et, quelques secondes plus tard, deux hommes à demi nus aux cheveux ras que d'autres frappaient à coups de crosse. Le convoi ralentit et traversa au pas une succession de hameaux où des groupes armés battaient la semelle. Je vis tour à tour un pendu aux pieds calcinés dans les branches d'un hêtre, d'autres cadavres entassés sur lesquels venaient picorer des poules, un très jeune homme ligoté qui se débattait pendant qu'une dizaine de paysans en tenue de chasse chargeaient posément leurs fusils.

Le train s'enfonça entre deux étages de brume et de glace ; la plainte des essieux m'emplit d'une terreur insondable. Ni mes protecteurs de Stockerau ni mes parents disparus ne m'avaient prévenu qu'on chassait l'homme dans les campagnes d'Autriche, qu'on y organisait des battues pour détruire une espèce à vêtements rayés et à cheveux ras. Je m'étais blotti dans l'angle du compartiment, tout d'un coup dessillé : les essieux ne criaient plus mais on sanglotait à côté. Une voix gronda, brutale, dans le vacarme des boggies.

Dehors, les coups de feu s'espacèrent avec la montée en lumière des neiges ; à peine vis-je un dernier zèbre gris fuir les tirs des chasseurs sous les futaies. Par la vitre du couloir, une face lie-de-vin, plus osseuse qu'un poing, ficha sur moi les trous luisants de ses orbites. L'homme m'interpella vivement en russe avant d'articuler dans ma langue des mots sans suite.

— Que fais-tu dans ce train ? dit-il enfin.

— Je me suis caché, répondis-je, à cause du contrôleur.

Un autre homme au crâne rasé apparut, plus âgé, portant des lunettes rondes en écaille. Sur la joue, une balafre infectée remontait jusqu'au lobe arraché de l'oreille.

— Nous nous sommes évadés, dit-il. Tu es autrichien ?

J'acquiesçai sous le regard glacial de son acolyte.

— Nous sommes russes tous les deux, dit le balafré. Nous avions un camarade tchèque à côté. Il vient de mourir. Tes concitoyens l'ont tiré comme un lièvre. L'Autriche était-elle un pays de meurtriers avant cette guerre ?

Il n'attendait aucune réponse et me saisit par la manche.

— Suis-nous, ajouta-t-il. On ne voudrait pas que tu nous dénonces. Quel est ton nom ?

— David Rosein, répondis-je sans réfléchir.

— C'est un Juif ! s'écria l'autre évadé à face d'os.

Son compagnon le fit taire et devint plus amène. Nous remontâmes tous trois vers l'avant de la voiture. Le train s'immobilisa bientôt en rase campagne. La cheminée de la locomotive soufflait toutes les dix secondes. Le mécanicien était descendu pour débloquer un aiguillage manuel. Nous le rejoignîmes, un peu étourdis.

— Qui est celui-là ? demanda-t-il.

— Un enfant juif, dit le Russe.

— Je les croyais tous volatilisés à Birkenau, Ravensbrück, ou sur cette maudite colline ! On voit jusqu'à Linz le feu des cheminées !

Il s'acharnait sur le levier rouillé.

— Combien se sont échappés de Mauthausen ? demanda le cheminot.

— Cinq cents, peut-être mille, presque tous russes.

— Vous n'avez aucune chance. Les Waffen-SS ont débarqué en gare de Perg et de Pöchlarn par convois entiers. Et les forces d'assaut populaires leur prêtent main-forte, des tas de volontaires, toute la population quoi ! Avec une prime double pour chaque évadé abattu…

— On a vu, dit le Russe. Que comptez-vous faire ?

— La voie ferrée bifurque à cet endroit, d'un côté nous rejoignons la gare d'embranchement par une voie unique qui sert aux grandes minoteries du secteur. L'autre est désaffectée, elle file droit dans la forêt d'Engelbert. Les scieries l'utilisaient autrefois, en concurrence avec le flottage à bûches perdues sur le Danube. J'ignore si le travelage tient encore bon. On n'a pas le temps d'envoyer une voiture d'expérience…

Nous regagnâmes nos sièges et le train repartit à petite vitesse sur la voie abandonnée. Les wagons tressautèrent. Aux fenêtres ou devant la portière ouverte, nous considérâmes sans un mot l'entrée en forêt. À quelques dizaines de kilomètres des complexes industriels, le monde perdait ses repères. La neige sur les arbres et l'ombre tranchée des sous-bois ouvraient au grand silence. La locomotive haletait sourdement dans le jour inconnu ; des masses de glace s'écrasèrent contre les vitres. À nouveau, le mécanicien coupa la vapeur. Les bâtiments d'une ancienne scierie se profilèrent. Nous aperçûmes avec effroi un jeune officier de la Wehrmacht, tête nue, sur une plate-forme de planches. Son visage exprimait un fond de stupeur ennuyée. Il tenait un violon sur l'épaule et son col était largement ouvert. Il se mit à rire en pinçant d'un doigt les cordes de l'instrument.

— Rien à craindre de celui-là, dit le Russe à l'oreille arrachée. C'est sûrement un déserteur.

Le chauffeur dut aboutir aux mêmes conclusions car il remit la vapeur et le train s'ébranla parmi les fûts serrés. Nous pénétrâmes dans l'opaque blancheur que des cavées trouaient de nuit. Très vite, l'arrachement continu des ramures et les heurts redoublés sur un ballast envahi par la végétation entrava notre course. Toute fumante sous une chape de glace, la locomotive alla dérailler sans dommage entre deux chênes centenaires. Je descendis à la suite des évadés. Le mécanicien contemplait d'un œil soucieux le foyer de sa machine.

— Qu'allons-nous faire ? demanda le jeune Russe.

— Il faudrait qu'il neige pour dissimuler notre passage.

— Et le train ? Un train ne peut pas disparaître !

— Tout disparaît maintenant ! Les hommes en place, les trains. C'est la déroute. Les alliés sont à nos portes…

Les évadés de Mauthausen échangèrent un regard défiant. Le plus vieux engagea l'autre à sortir le cadavre du compartiment. Ils s'employèrent à lui donner une sépulture de neige et de feuilles mortes sous un buisson de houx. Assis sur un marchepied, le cheminot fumait une cigarette de papier journal en considérant ces travaux d'inhumation, le ciel chargé et la voie rouverte par les fanons de la locomotive. Il me fit un clin d'œil.

— T'inquiète pas trop !

La neige, à sa grande joie, se remit à tomber. On entendit au même moment les notes pincées d'un violon. Le sous-officier remontait à pied la voie au-devant des fugitifs qui s'étaient emparés de rondins et de barres de fer. Il souriait en jouant pizzicato une sérénade de Mozart.

— Bonjour, dit-il, sans s'effrayer. D'où vient cette locomotive ? A-t-on réhabilité la voie forestière ?

Il considéra les pyjamas rayés des deux Russes et hocha la tête avec bonne humeur.

— Je me présente : Gustav Eiderburg, musicien dans le civil. Ici, chef d'un bastion déserté. Savez-vous que je possède une collection de trente-sept locomotives en modèle réduit chez mon père, en Suisse rhénane ?

Il se tourna vers moi, le violon contre la jambe.

— Et toi ? demanda-t-il d'une voix bien timbrée. Tu n'es sûrement pas un évadé de Mauthausen ? J'avais ton âge quand je suis venu à Vienne pour les études, chez ma mère. Et me voilà sous l'uniforme ! On m'a quand même donné un statut suisse, vous voyez, dans cette forêt d'Engelbert…

La neige avait blanchi ses épaules. Il parut réfléchir un instant et pouffa :

— Il aurait été plus prudent et plus simple pour vous de voler des bicyclettes !

Son violon sous le bras, l'aspirant salua chacun et promit de revenir dans l'après-midi avec des victuailles. Les Russes se mirent en travers de son chemin, des deux côtés de la voie.

— Vous n'avez pas confiance ? s'étonna le soldat. Si je ne rentre pas, si je ne télégraphie pas à la Kommandantur comme chaque jour, ils enverront une estafette…

Le cheminot calma les évadés. Je pressentis à maints détails qu'il n'avait pas toute sa raison. S'échappe-t-on d'une voie de garage à bord d'un train pour aller dérailler au fond des forêts ? Mais son air d'autorité fit merveille.

— Emmenez le gosse avec vous, dit-il. Ce n'est pas sa place ici…

L'officier me précéda le long du chemin de fer ; ses bottes craquaient dans la neige. Il avait enfoui son instrument sous sa vareuse et chantonnait. Moins d'une heure plus tard, la voie était de nouveau recouverte. Quand nous parvînmes en vue des bâtiments de l'ancienne scierie, une fusillade éclata dans notre dos, tourbillonnaire, nourrie par l'écho. L'aspirant Gustav Eiderburg s'était figé ; il se tourna vers les profondeurs crayeuses et murmura : « *Mühlviertler Hasenjagd...* »

Une heure passa encore. Caché au fond d'un entrepôt, l'œil entre deux planches, je vis défiler des cohortes d'hommes, paysans et miliciens mêlés, le fusil en bandoulière. Le chef des Volkssturm interpella l'aspirant qui observait ce retour de chasse depuis la plate-forme surmontée d'une grue à potence.

— Vous pouvez prévenir la Kommandantur : ces trois-là sont liquidés. Les gars du génie viendront récupérer le train. Rien à signaler ?

— Rien à signaler, répondit le sous-officier.

Je fermai les yeux en songeant à ma mère.

Un demi-siècle plus tard, dans ce train qui me ramenait du lac de Constance, via Genève et Moulins, je ne me souvenais pas de l'issue à mon aventure. Tout s'achevait dans la mémoire par un rêve d'enfant, le même qui m'était revenu dans cet autre train d'hiver après la visite au vieil homme, célèbre compositeur et premier collectionneur en Europe de modèles réduits de locomotives à vapeur avec accessoires. Gustav Eiderburg, bien sûr, n'avait pas reconnu le jeune fugueur de l'hiver 1945. Dans le parc enneigé du château de l'Aiguille, avant d'épauler son fusil, il m'avait récité un poème d'Annette von Droste-Hülshoff :

Wer ist so rein, dass nicht bewusst
Ein Bild ihm der Seele Grund
Drob er muss schlagen an die Brust
Und fühlen sich verzagt und wund ?

Malgré le doute qui me torturait, en mémoire de la *Messe pour les jouets mutilés*, j'avais évité de l'interroger sur l'épisode de la forêt d'Engelbert. Avait-il averti la Kommandantur au passage du train des évadés ? Et qu'avait-il fait de moi ensuite ? Je suis vivant pour témoigner, entre autres abominations, de cette chasse aux lièvres dans la région dite des Moulins, car il faut croire que le soldat musicien épargna l'enfant juif. Mais je ne me souviens que d'un rêve après la fusillade, après tous les massacres dont je ressors indemne : un train miniature peuplé de souris blanches qui chemine dans la neige, sous des arbres centenaires, tandis qu'on entend cliqueter les fusils.

On ne commémore pas l'opération *Mühlviertler Hasenjagd* en Autriche. Il n'y a d'ailleurs plus guère de moulins au-dessus du Danube, dans les environs de Mauthausen. Mais on aperçoit parfois un lièvre ; et les chasseurs ne manquent pas.

TABLE

—

LA
COUVERTURE DE
Vent printanier A ÉTÉ CRÉÉE
PAR DAVID PEARSON ET IMPRIMÉE
SUR EDIT ME BRUT EXTRA BLANC PAR L'IM-
PRIMERIE FLOCH / J. LONDON À PARIS. LE
TEXTE, COMPOSÉ EN MRS EAVES ET GARAMOND,
A ÉTÉ MIS EN PAGE PAR LES ATELIERS GRAPHIQUES
DE L'ARDOISIÈRE À BÈGLES. CET OUVRAGE A ÉTÉ
REPRODUIT SUR LAC 2000 ET ACHEVÉ D'IMPRI-
MER EN FRANCE PAR L'IMPRIMERIE FLOCH
À MAYENNE LE VINGT-TROIS AVRIL DEUX
MILLE DIX POUR LE COMPTE DES
ÉDITIONS ZULMA,
HONFLEUR.

978-2-84304-511-0
N° D'ÉDITION : 511
DÉPÔT LÉGAL : MAI 2010

NUMÉRO
D'IMPRIMEUR
76580

IMPRIMÉ EN FRANCE